가장 깊은 어둠 속으로 들어가 보는 거야.

그림자너머

이소영

글로연

이들은 어디로 가는지 알고 가는 걸까?

다들 뭐 하는 거지?
그리고 난 무엇을 하고 싶은 걸까?

어? 저건 뭐지?

"들어와!"

내가 도와줄까?

누가 나를 불렀는지 아니?

내가 불렀어. 나는 원하는 것을 다 가질 수 있는 마음이야.
나와 같이 가자!

내가 원하는 것은 무엇이든지?

그럼 한번 가 볼까?

잠깐, 같이 가! 나도 너를 불렀거든.
나는 손해 보지 않고 빨리 갈 수 있는 마음이야.

진짜 그런 것 같네.

그런데 너희들 어디로 가는 거야?

기다려! 네가 상처 받지 않으려면 단단한 마음인 우리가 함께해야 해.

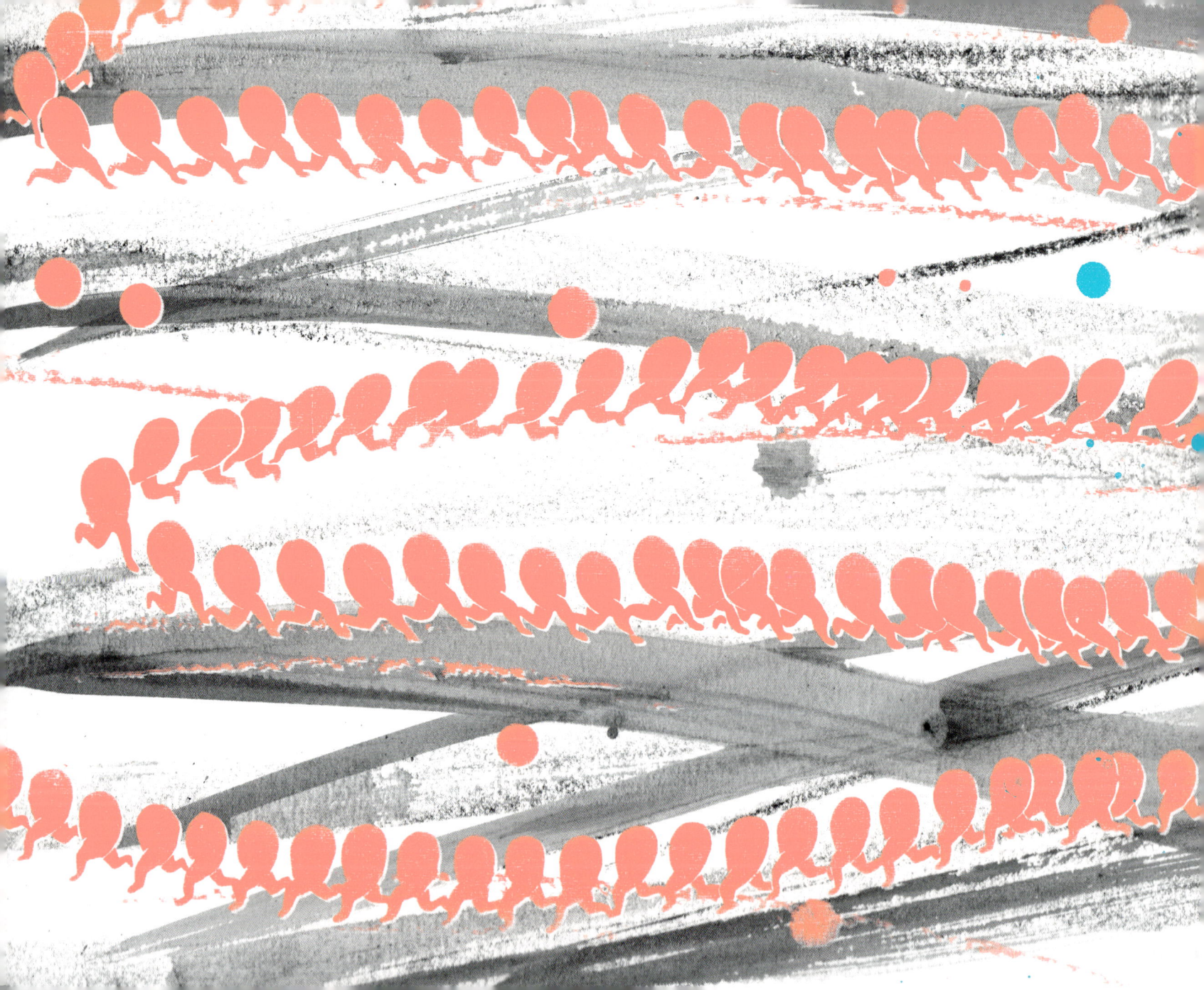

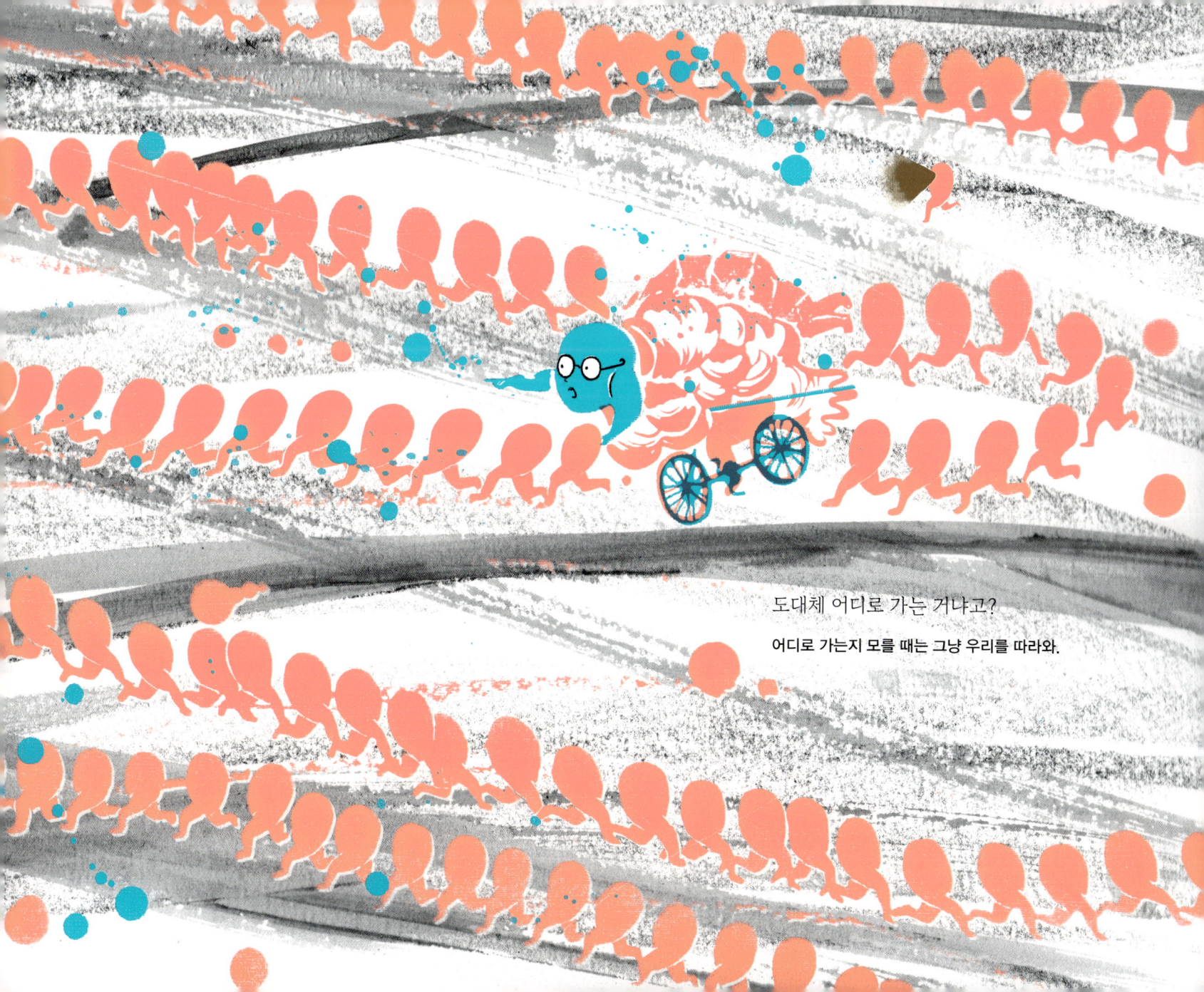

도대체 어디로 가는 거냐고?

어디로 가는지 모를 때는 그냥 우리를 따라와.

으악!

이 마음들이
정말 나를 부른 게 맞을까?
너무 무거워서 움직일 수도 없어.

어? 누가 또 있나?

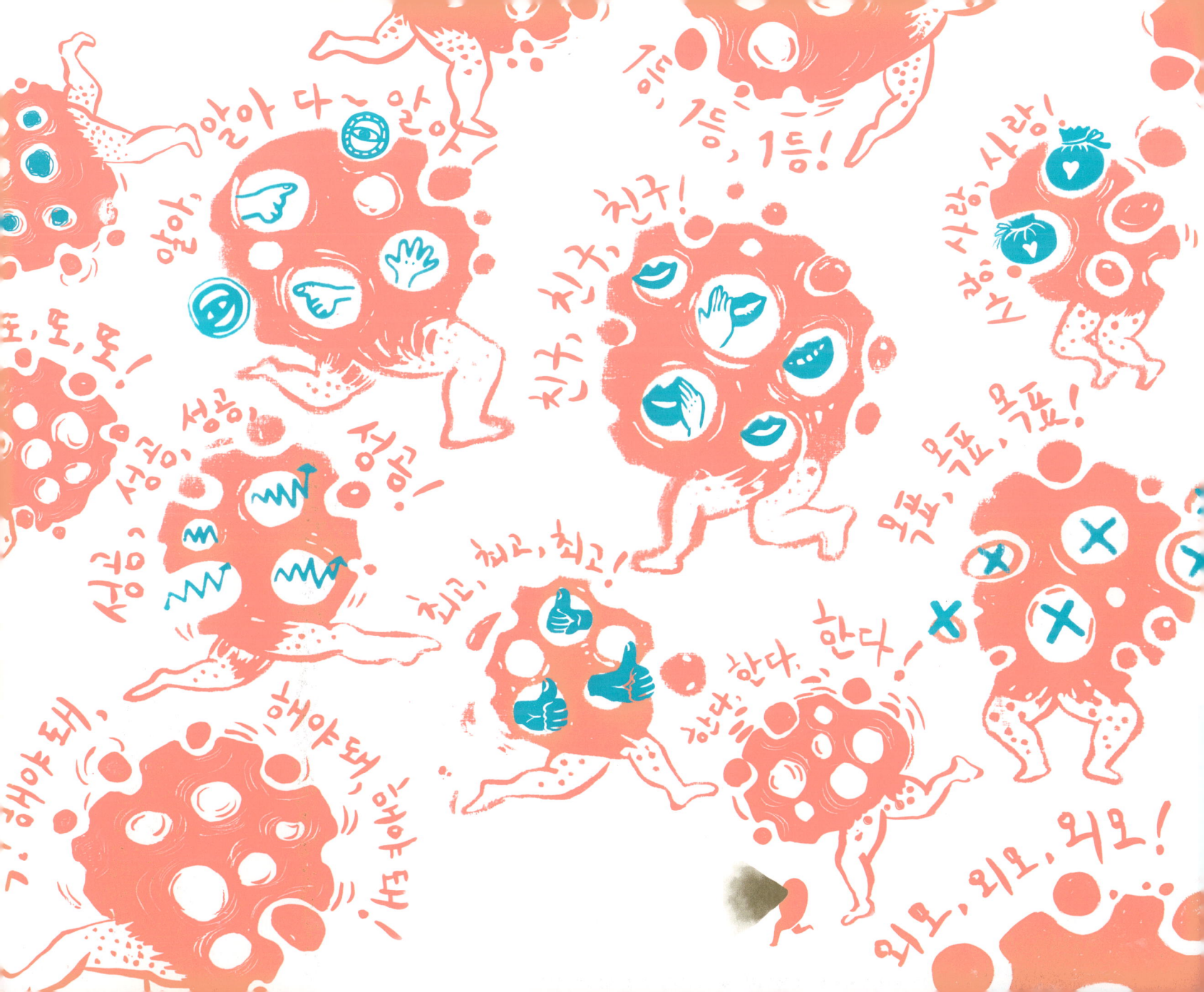

어? 빛이다! 내 그림자에서 봤던 빛…….

제발 나를 놓아줘!

나를 눌렀던 마음들은 모두 가라앉은 걸까?

그러고 보니… 넌?

예전의 우린 같은 곳에서 함께 세상을 바라봤어.
언제부턴가 너의 커지는 생각이 나를 작아지게 했지.
거신 네 그림자 속에서 내 빛노 점점 희미해졌어.

하지만 괜찮아.
지금 이 곳에서 너를 이렇게 만났으니까.

있는 그대로의 나.

내 마음속 깊숙한 곳에서 찾은 너.

수많은 너의 마음들을 지나 찾아온 너.

그리고 점점 자라나는 너.

한층 더 환한 너.

❶ 그림자너머 가 전하는 이야기

자라면서 머리가 굵어진다는 말이 있습니다. 학교, 직장과 같은 사회 울타리 속에서, 보다 나은 미래를 향한 '그래야 한다'라는 원칙 아닌 원칙을 따라가며 바쁘게 살아갑니다. 우리는 점점 세상을 자기만의 빛으로 비추고 느끼기보다는 머리를 굴리며 세상 속으로 자신을 밀어 넣습니다. 남의 시선과 세상이 나를 어떻게 바라볼지 많이 의식합니다. 머리를 굴릴수록 점점 바빠지고, 할 일도 많고, 걱정도 불어납니다. 그때 우리 속마음은 어떨까요?

내 안에는 여러 마음들이 있습니다. 많이 갖고 싶은 욕망, 빨리 이루고 싶은 조급함, 나 이외의 다른 사람에게 대하는 무심함, 목표를 이룬 후에 찾아오는 공허함, 많은 사람들이 하는 대로 따라가는 군중심리, 그리고 남의 시선을 의식하면서 찾아오는 불안 등등. 이러한 마음들은 '그래야 한다'라는 생각과 함께 내 안에서 끊임없이 자라고 퍼지고 잦아들면서 마침내는 내 생각까지도 지배합니다. 그리고 우리 자신으로 하여금 자꾸 외부로 눈을 돌리게 만듭니다. 진정 스스로가 원하는 것을 잘 볼 수 없게 하고 우리를 혼란과 불안에 빠뜨립니다. 자신의 솔직함, 있는 그대로의 모습, 꿈과 포부는 점점 현실에 타협하는 머리에 눌리고, 작아지고, 잊혀지면서 우리는 더 피곤해집니다. 때때로 자신이 왜 피곤한지, 왜 답답한지 그 이유를 모를 때도 있죠.

이 책은 다소 추상적인 이야기를 하고 있습니다. 마음 여행기라고 할까요? 현실에서 답답함을 느끼고 질문이 많은 머리는 거울을 보며 안경을 다잡습니다. 언제나 앞만 보면서 거울 속 자신을 향해 질문하지만 매번 반복적인 교감만 하는지도 모르겠습니다. 마치 우리의 하루하루가 별반 다르지 않은 것처럼요. 어느 날 머리는 자신의 그림자 속에서 누군가의 목소리를 듣습니다. 아마 '왜?'라는 질문을 던졌기 때문에 보이는 작은 신호일지도 모릅니다. 이 신호를 따라 자기 그림자 안으로 들어갑니다. 그림자란 빛 반대편에 생기는 어두운 부분입니다. 그리고 보통 자신의 아래쪽에 생기죠. 여기서 주인공 머리를 한 번쯤 뒤돌아보게 하고 싶었습니다. 앞만 보지 말고 잠시 멈춰서 다른 곳을 보라고. 항상 그 자리에 있는 우리의 그림자. 빛에 가리어 실루엣만 보이는 모호한 세계. 그 속에 무엇이 있는지 잘 모르지만 무

언가로 채워진 어두운 형태. 그 곳에서 '원하는 것'에 대한 실마리를 찾을 수 있을 거라는 희망을 가지고 머리는 들어갑니다.

그림자 세계에서 머리는 그동안 자신이 품었던 마음 하나하나와 직면합니다. 모두 머리를 키워왔던 감정들로 외부 세계로부터 영향 받아 자라난 마음들입니다. 머리는 이들을 받아들이지만 이상하게 마음들은 꼬리에 꼬리를 물고 머리를 더 짓누릅니다. 머리는 오히려 그들과 융화되지 못하고 벗어나기를 선택합니다. 술래잡기하듯 밀고 당기는 마음들과 머리의 실랑이가 끝나고 머리가 다다른 곳은 그림자 속 가장 어두운 곳, 물속입니다.

엄마 뱃속과도 같은 고요 속에서 머리는 눈을 감고 자연스런 흐름에 몸을 맡깁니다. 진정 혼자인 시간입니다. 다른 마음들과 티격태격하는 동안 늘 따라다녔던 빛, 머리가 그림자 안으로 처음 들어왔을 때 제일 먼저 그를 향해 달려갔던 빛을 그제야 비로소 마주합니다. '자연스럽고 자유로운 곳의 너'라고 소개한 빛은 곧 머리의 있는 그대로의 모습이었습니다. 현실에서 무엇인가 찾기를 갈망했던 머리는 자기만을 비춰주는 작은 빛을 받아들입니다. 그리고 오롯이 세상의 주인공이 됩니다. 무엇에게도 구속되지 않는 자유로운 존재로서. '그래야 한다'라는 원칙이 아닌 자신이 원하는 이정표대로 나아가는 존재로서.

사실 우리 모두 책 속의 '머리'와 같은 선택을 해야 한다는 법은 없습니다. 그리고 나를 인정하고 그대로를 키워간다 할지라도 어느새 또 멀어질 수도 있습니다. 부끄럽게도 제 자신조차도 자연스러운 자신의 모습을 온전히 받아들이지 못했습니다. 하지만 스스로를 잘 들여다 보고, 솔직한 자신의 모습을 인정하고 싶은 바람을 이 책에 담고 싶었습니다. 이 책의 주된 독자층인 청소년들이 꿈과 목표를 스스로 찾고 나아가기 위해 가장 먼저 했으면 하는 일이기도 합니다. 많은 학생들이 치열하게 공부하는 현실 속에서 성적을 위한 공부도 중요하지만 '자기 자신에 대한 공부' 또한 중요하다는 것을 말해 주고 싶었습니다. 그리고 저와 같은 어른들 또한 남의 시선과 세상에 휘둘리지 않고 자유롭게 자기 세상의 주인공이 되었으면 좋겠습니다.

이 소 영

이 소 영

우리 주변의 삶과 사회의 이야기를 그림책에 녹여 넣는 방법을 연구하는 작가이자 그래픽 디자이너입니다. 밤낮없이 일하고 공부하는
'우리'를 돌아보며 '우리'의 감정에 어떤 일들이 일어나고 있는지에 대한 이야기와 그에 걸맞는 작업을 계속하고 있습니다.
쓰고 그린 그림책으로 《그림자 너머》와 《파란 아이 이안》, 《굴뚝 귀신》, 《여름,》 등이 있습니다. 《그림자너머》로 2014년 볼로냐도서전
올해의 일러스트레이터에 선정되었으며, 《굴뚝귀신》과 《여름,》은 2019년과 2021년 BIB한국출품작에 각각 선정되었습니다.

그림자 너머

초판 1쇄 발행 2014년 6월 3일
개정판 1쇄 발행 2018년 1월 31일 | **개정판 2쇄 발행** 2021년 8월 20일

글 · 그림 이소영 | **책임편집** 오승현 | **디자인** 이소영

펴낸이 이희원 | **펴낸곳** 글로연 | **출판등록** 2004년 8월 23일 제 313-2004-196호
주소 서울특별시 영등포구 당산로 41일 11 SK V1, W동 1104호
전화 070-8690-8558 | **팩스** 070-4850-8338 | **전자우편** gloyeon@naver.com | **홈페이지** www.gloyeon.com
ISBN 978-89-92704-56-4 47810

「이 도서의 국립중앙도서관 출판시도서목록(CIP)은 서지정보유통지원시스템 홈페이지(http://seoji.nl.go.kr)와
국가자료공동목록시스템(http://www.nl.go.kr/kolisnet)에서 이용하실 수 있습니다. (CIP제어번호: CIP2017033755)」

이 책은 저작권법에 따라 보호받는 저작물이므로 무단전재와 복제를 금합니다.